La DERNIÈRE ESPÉRANCE,

OU

LES LOISIRS D'UN AMI DES ARTS.

POÉSIES.

Par Eugène Bonnefous.

PREMIÈRE LIVRAISON.

ARTS

CAHORS :

COMBARIEU, IMPRIMEUR DE LA PRÉFECTURE.
1833.

AVIS.

CET ouvrage , publié en trois livraisons , formera un petit volume.

Les deux dernières livraisons seront publiées à de courts intervalles ; et, avant le 3o avril , tous les souscripteurs posséderont le recueil entier.

Soutenue par des correspondans aussi désintéressés qu'estimables , cette entreprise obtient des résultats assez avantageux : déjà sur tous les points du royaume , elle compte les plus honorables souscripteurs. Encore un effort , et mes vœux seront comblés. Je ne puis croire que des confrères reculent devant ce modique tribut offert à l'encouragement ; et , quoique plusieurs arrondissemens soient restés muets à cet appel , je ne désespère point de trouver encore auprès de mes collégues ce dévoûment qui caractérise l'homme généreux et éclairé.

Dès que la deuxième livraison paraîtra , le prix de l'ouvrage sera porté à *trois francs.* Je sens que cette augmentation peut restreindre l'essor de mon entreprise ; mais les premiers abonnés s'étant exposés à tous les risques d'une publication , il m'a paru juste de les associer à tous les avantages ; cependant, je promets de recevoir , pendant toute la publication , au même prix, *un franc trente centimes,* les demandes qui seront adressées au nombre de dix , et formées par des Employées de l'Administration des Contributions indirectes.

Quelques arrondissemens n'ayant eu qu'un petit nombre de souscriptions à m'annoncer , ils pourront retarder jusqu'à de meilleurs résultats l'envoi des fonds.

Toute somme dépassant *seize francs* pourra m'être adressée par un mandat sur le Trésor (à un ou deux mois de date) ; ce moyen économique a été suivi par quelques correspondans , et je regrette de ne pas l'avoir adopté.

S'il existe quelque souscripteur isolé , il est prié de verser le prix de l'ouvrage entre les mains de l'un de MM. les Commis de la direction où il se trouve placé.

Ma
DERNIÈRE ESPÉRANCE,

ou
Les Loisirs d'un Ami des Arts.

POÉSIES.

Par Eugène BONNEFOUS,

connu par ses productions littéraires.

Première Livraison.

Cet Ouvrage, publié en 3 Livraisons, se vend 3 *francs.*

Se trouve :

Chez l'Auteur et chez M. Combarieu, Imprimeur, à Cahors.

Harmonie des cœurs tendres, langage formé pour l'expression des plus nobles, comme des plus doux sentimens de l'âme, la Poésie, ce présent fait par le ciel à la terre, doit entrer comme un degré de perfectionnement dans l'éducation. Reportée vers les premiers âges du monde, que la pensée se repose délicieusement sur cette fiction enchanteresse qui nous montre la Poésie civilisant les premiers habitans de la terre, et dictant aux hommes, réunis en société, ces lois à l'ombre desquelles on vit fleurir les lettres, les sciences et les arts!...

Aujourd'hui tous les arts font, en France, d'immenses progrès ; les lumières se répandent, les intelligences se développent à un tel point que les connaissances positives deviennent une condition presque indispensable de fortune et de considération ; une foule d'écrivains s'occucupent , chaque jour , du soin d'augmenter l'aisance et le bonheur des classes : on ne saurait assez encourager ces institutions qui sont le plus sûr moyen d'arriver à des résultats utiles , et dont l'efficacité peut si puissamment contribuer à la prospérité de notre Patrie... La Patrie ! ce n'est pas seulement et le sol natal auquel nos yeux sont accoutumés , et ce ciel qui éclaira les heureux jours de notre enfance ; nous la trouvons, nous l'aimons surtout dans nos lois, dans nos mœurs, dans nos grands hommes ; dans le passé qui fit sa gloire, aussi bien que dans l'espérance d'un avenir glorieux !!!

A
L'HARMONIE.

ILS écoutent les concerts inconnus du Cygne
et de la Lyre céleste. (LES MARTYRS.)

CHATEAUBRIANT.

ART divin, touchante Harmonie,
O toi qui, par les sons, maîtrises tous les cœurs,
Et sèmes de plaisirs le chemin de la vie,
Daigne snr moi répandre tes faveurs!

Quels lieux ne parlent point de ton pouvoir magique?
Tout retentit de tes bienfaits:
Le vieil écho du temple antique,
Le dit à l'écho des forêts.

La harpe d'or du Roi-prophête
Charme la cité des Hébreux,
Et l'orgue des chrétiens répète
Ses chants que répètent les Cieux.

Le Nil, aux sons bruyans des sistres de Canope,
D'Isis voit adorer les lois,
Et la lyre d'Orphée, au sommet du Rhodope,
Adoucit les monstres des bois.

Tu fais naître les ris, tu fais couler nos larmes ;
Bien mieux que la raison, ta voix endort nos maux,
Et tes mâles accens, mêlés au bruit des armes,
Pour la Patrie enfantent des héros !

O divine Harmonie,
Charme de l'Univers,
Embrâse de tes feux l'amant de Polymnie,
Et règne dans mon cœur, comme dans tes concerts !

Le Tombeau

DE ZULMÊ.

ÉLÉGIE.

> Levez-vous, orages désirés , qui devez emporter
> René dans les espaces d'une autre vie.
>
> CHATEAUBRIANT.

Près de cette humble croix, le cyprès se balance :
Toi, ma Zulmé , tu dors au pied de ce coteau ;
Tu dors ,... tu n'entends pas le cri de ma souffrance ;
Il ne vient point troubler le calme du tombeau.

Tout finit donc, hélas! dans ces demeures sombres :
Il n'est plus de lien entre mon cœur et toi ;
Et ton ombre jamais, du rivage des ombres ,
Ne revient doucement errer autour de moi.

Tu dors... et tous les jours, vers la pierre muette,
Je traîne, en gémissant , mes pas silencieux ;
Là , je répands des pleurs, et ma douleur répète
    D'inutiles adieux.

Quand la feuille légère erre dans la prairie ,
Quand le souffle du nord a flétri sa fraîcheur,
Je l'écoute me dire , hélas! pâle et flétrie,
    Qu'elle aussi connaît le malheur.

Non, il n'est plus pour moi de bonheur sur la terre!
Je suis las d'exister en ce désert profond :
Vainement je parcours ce vallon solitaire,
Ces champs silencieux , où rien ne me répond !...

Où sont donc tes beaux jours?. Dieu puissant que j'implore!
Rends-moi Zulmé... Rends-moi sa candeur, ses appas;
Je viens la demander à la nuit, à l'aurore;
L'aurore, ni la nuit ne me répondent pas.

Partout je crois la voir... Son image lointaine
A mes tristes regards sans cesse vient s'offrir :
Tout me dit mon malheur, tout augmente ma peine,
Ce bosquet, cette rive... Ah! tout me fait mourir.

Elle reposait là !... Souvent sous ton ombrage
Ses charmes innocens respiraient le bonheur;
Arbre chéri !... pourquoi quittes-tu ton feuillage?
Ah! tu veux donc aussi mourir de ma douleur !...

Hélas! je sens déjà se délier ma chaîne,
Déjà, sur mon front pâle et dans mes yeux éteints,
Mes amis attristés lisent ma fin prochaine;
Je vois, je vois la mort m'ouvrir des cieux lointains.

2

Mais, non, je ne crains pas le sort qui me menace :
Zulmé, j'ai trop vécu !... je déteste le jour !...
J'attends l'heure où vers toi, s'élançant dans l'espace,
      Mon ame ira te joindre au céleste séjour.

TEMPLE D'AMOUR.

Au tems où la feuille nouvelle
Vient embellir nos arbrisseaux,
La jeune et trendre Philomèle
Chantait sur de faibles rameaux :
« Ce bosquet revêt sa parure,
» Je l'ai choisi pour mon séjour;
» L'au passé, sa tendre verdure
» Fut pour moi beau temple d'amour.

» Chantez, chantez dans les campagnes,
» Jeunes et tendres pastoureaux ;
» De fleurs couronnez vos compagnes,
» Laissez un instant vos pipeaux.
» Le bois des plaisirs vous appelle,
» Venez célébrer ce beau jour;
» Venez, gentille pastourelle,
» Ornez, ornez temple d'amour.

» Du dieu malin c'est l'hermitage,
» C'est là que brûle son flambeau;
» Dans ces lieux il n'est plus volage,
» Pour vous il quitte son bandeau :
» Beaux chevaliers, suivez ses traces,
» Venez, tant gentil troubadour;
» Le plaisir, le calme et les grâces,
» Inspireront couplets d'amour.

» Si la beauté vient sur tes rives,
» En folâtrant cueillir des fleurs;
» Si parfois tes eaux fugitives
» D'un doux penser troublent les cœurs,
» Charmant ruisseau, dans ton murmure,
» Redis aux bergers d'alentour :
» C'est dans ces lieux que la Nature
« Eleva beau temple d'amour. »

Elle se tut. De la tendresse
Je sentis la douce langueur;
Bientôt une trompeuse ivresse
Succède à ce trouble enchanteur.
Bosquet charmant, de tes bergères,
Si je reçois tendre retour,
Que tes branches hospitalières
Soient pour moi beau temple d'amour.

 DERNIÈRE HEURE

D'UN MALHEUREUX.

Tædet animam meam vitæ meæ.

SENÈQ.

Comme tout dort en paix dans ma triste demeure ;
Tout semble s'apprêter à la nuit du trépas.
Quel silence !... Ecoutons... Ah ! c'est encore une heure !
Je ne l'espérais pas !!!

Dormez, heureux amis, et toi, dont l'existence
Calmait tous mes malheurs, mon père, dors aussi.
Seul, pour pleurer ma vie et traîner ma souffrance,
Je dois veiller ici.

Les plaisirs, les honneurs ne touchent plus mon ame,
J'ai séché sur ce sol.... la tombe me réclame :
Là, je verrai finir un trop funeste sort;
Quand on n'est plus heureux, le seul bien, c'est la mort !!

. . . .

A mes regards voilés, ma lampe va s'éteindre;
Avec elle mes maux, mes jours doivent finir.
C'en est fait !.... ce n'est plus le moment de se plaindre;
      C'est celui de mourir.

Ah ! vous n'entendrez plus une plainte inutile.
Seul, à votre reveil, demain je dormirai ;
Et dans mon œil éteint, une larme immobile
      Dira que j'ai pleuré !

 es

CAPTIFS GRECS.

CANTATE.

Vir bonus cum malâ fortunâ conflictatus.
SENÈQ.

Un jeune Grec.

A l'éclat insultant dont brillait l'opulence
Succèdent les lambeaux de l'affreuse indigence;
Le faible est sans soutien, le pauvre est sans secours:
Et le bonheur, enfin, nous échappe toujours.

Que d'amis, que d'époux, que de pères gémissent ! !
De leurs accens plaintifs ces voûtes retentissent ;
Sur les restes éteints d'un objet adoré,
Tous les cœurs ont frémi, tous les yeux ont pleuré !

Oh ! si jamais le temps, vengeur d'un tel supplice,
Des lâches Musulmans dévoile l'injustice,
Et découvre au grand jour leurs criminels efforts !
..... Tremblez, vils oppresseurs, redoutez mille morts ! !

AUTRE JEUNE GREC.

QUEL démon vomi du Ténare,
Tyrans, aiguise vos poignards ?
Quelle rage, peuple barbare,
Vous entraîne sur nos remparts ?

UN GUERRIER.

J'AI vu flotter l'étendard de la guerre ;
J'ai vu fleurir l'olivier de la paix.
Quelques vertus et beaucoup de forfaits,
Dans tous les temps ont étonné la terre.

Un Vieillard.

Quel héros, ou quel dieu, ferme au sein des alarmes,
Contre tant de malheurs pourra trouver des armes,
Et parmi ces écueils voguera sans terreur ?
Ce sera le mortel juste, sage, intrépide,
Qui, prenant la vertu pour compagne et pour guide,
Au grand art de souffrir aura formé son cœur.

O vous, tristes amis, si chers à ma tendresse,
Instruits par le malheur, instruits par la sagesse,
Apprenez comme un cœur, de revers combattu,
Coule des jours en paix lorsque rien ne l'accuse (*),
Et dites aux mortels qu'un faux éclat abuse,
Qu'on est toujours heureux quand on suit la vertu.

Chœur.

O courage inflexible ! ô combien est touchante
Cette noble vertu, cette fierté constante,

(*)...... Hic murus aheneus esto,
   Nil conscire sibi, nullâ pallescere culpâ.
                     Horace, Épitre I, Liv. 1.

Qui résiste aux assauts d'un sort injurieux !
Oui le sublime effort d'une ame peu commune ,
Luttant contre ses maux et bravant la fortune ,
Mérite les regards des mortels et des dieux.

Une jeune Grecque , un Guerrier et un Vieillard.

La nuit, quand le soleil a fini sa carrière ,
De cent astres brillans laisse voir la lumière,
Ainsi , voilant l'éclat de la prospérité ,
Des vertus le malheur découvre la clarté.

Une jeune Grecque.

A tes yeux, ô mon Dieu ! suis-je assez éprouvée ?
A de nouveaux revers suis-je encor réservée ?
De mon malheureux sort adoucis les rigueurs ,
Ou termine mes jours consumés de douleurs.

Mais quoi! dois-je céder au destin qui m'opprime !
Opposons-lui plutôt un effort magnanime.
Dieu puissant ! c'est à toi que je dois recourir ;
Toi seul fais mon bonheur, toi seul je veux chérir.

Pourras-tu pardonner à ma faiblesse extrême ?
Je rougis de mes pleurs ; ma plainte est un blasphême :
Tu seras désormais l'objet de tous mes vœux.
Quand on est sans remords, on n'est pas malheureux (*).

CHOEUR DE JEUNES GRECQUES.

SEMBLABLE à ce rocher qui, bravant la tempête,
Lève au-dessus des flots son orgueilleuse tête,
Méprisant les efforts du destin en courroux,
Son ame est toujours ferme au milieu de ses coups.

UN ENFANT.

ILs ne sont plus ces jours délicieux
Que nous passions au sein de l'innocence ;
Ils ne sont plus ces beaux jours de l'enfance,
Momens trop courts et de ris et de jeux.

CHOEUR D'ENFANS.

DÉLIVRE-NOUS, grand Dieu, de la captivité !
Nos pleurs et nos soupirs implorent ta bonté.

(*) Dabit inquam, dabit se in tormentis vita beata.
CICER. Quæst. Tusc. lib 5.

Un Vieillard.

Amis, rassurez-vous, la juste Providence,
Trop sensible à nos maux, veille sur nos destins ;
Et vous verrez bientôt, ô flatteuse espérance !
Des jours purs et sereins.

Choeur final.

Reçois nos vœux, principe de tout être,
Toi qui des maux fais éclore les biens ;
Pour être heureux, ta bonté nous fait naître;
Pour être heureux, offre nous les moyens.
Eh ! que seraient les plaisirs sans les peines ?
Le malheureux dont on brise les chaînes,
Avec transport se voit en liberté.
Le plus beau jour naît du sein de l'orage :
Par les revers la fortune volage
Prépare l'homme à la félicité.

ALGER,

ou

LE VIEILLARD

ASSIS SUR LES RUINES

D'UNE MOSQUÉE ANTIQUE.

DITHYRAMBE.

ALGER était tombé! L'hymne de la victoire
S'était déja perdu dans les échos lointains;
Les Français, fatigués de combats et de gloire,
Reposaient glorieux sur leurs foudres éteints :
La lune, s'inclinant sur un autre hémisphère,
S'éclipsait à demi dans un sombre horison,
Et dans ces lieux muets, son livide rayon,
De loin apparaissait en flambeau funéraire,
Dont la lueur mourante errait sur des tombeaux;
Assis sur les débris d'une mosquée antique,
Dont son œil en rêvant dessinait le portique,

Et les fiers minarets et les hardis arceaux,
En silence, un vieillard admirait ces tableaux,
Quand soudain, frémissant d'un transport poétique,
Son luth harmonieux fit entendre ces mots :

Qu'as-tu fait, féroce corsaire ?
Où t'ont conduit tous tes excès ?
Tu ne craignis pas, téméraire,
D'outrager un Consul français,
Et dans ton insensé délire
De ton crime on te vit sourire...
Tremble..... celui qui sait punir,
A son gré, suspend sa vengeance,
Mais, quand une fois il s'élance,
Rien ne saurait le retenir.

Tu grandis sans nul héroïsme,
Tu vécus sans nobles desirs,
Et du séjour du despotisme,
Du sein de tes honteux plaisirs,
On te vit, ennemi féroce,
Signer gaîment l'arrêt atroce
Qui fit périr tant de guerriers
Qu'avait déposés le naufrage,
Sans arme, avec leur seul courage,
Sur tes bords inhospitaliers.

Sur la foi d'un troupeau d'esclaves,
Tu rêvais à l'impunité,
Tu riais des apprêts des braves,
Tu te croyais en sûreté;
Et dans ta superbe arrogance,
Tu triomphais même d'avance,
Tu voyais nos soldats vaincus
Par ta milice triomphante,
Ou détruits par la soif brûlante
Sur ton sol ardent étendus.

Demande à ces déserts arides,
Au sommet altier du Thabor;
Interroge les Pyramides
Et quarante siècles encor;
Aussitôt te répondront-elles,
Voleront, messagers fidèles,
Dans l'Océan de l'avenir,
Des Français proclamer la gloire,
Et dans les fastes de l'histoire
Eterniser leur souvenir.

La
DERNIÈRE ESPÉRANCE,

ou

Les Loisirs d'un Ami des Arts.

POÉSIES.

PAR EUGÈNE BONNEFOUS,

Deuxième Livraison.

Cet Ouvrage, publié en 3 Livraisons, se vend 3 *francs*.

SE TROUVE :

Chez l'AUTEUR et chez M. COMBARIEU, Imprimeur, à Cahors.

LA NUIT.

C'est l'heure où dans les champs l'homme
souffrant s'isole.

BELMONTET.

L'on n'entendait plus rien sur la branche immobile :
Les oiseaux se taisaient..... Tout au hameau voisin
Annonçait le repos ; et du marais tranquille
　　Mourait le bruit lointain.

A cette heure, ô mon Dieu ! que j'aime, solitaire,
Dans ton sein paternel à verser mes douleurs !
Oh ! je viendrai toujours m'asseoir sur cette pierre ;
　　Là, mes yeux retrouvent des pleurs.

Que de fois, loin du bruit des demeures humaines,
J'essayai d'endormir mes sentimens amers !
Que de fois, j'ai caché mes ennuis et mes peines
Dans de sombres forêts, aux lieux les plus déserts !

Dans la brise des nuits, près l'église isolée
J'erre languissamment, à pas religieux ;
Et de l'astre qui brille à la voûte étoilée
Mon œil suit lentement la marche dans les cieux.

O nuit! dans quels transports se perd l'âme attendrie!
Ce beau calme éternel, cette paix de mon cœur
Jette des souvenirs la douce rêverie,
  Me parle de bonheur.

Tout s'est évanoui, comme une ombre légère ;
Ainsi j'ai vu tomber les feuilles de l'ormeau ;
Le temps ne m'a laissé de ce calme éphémère
  Que l'aspect du tombeau !...

Pourtant j'aime ce deuil, au retour de l'automne,
Et les glas de l'hiver qui m'annoncent la mort ;
Je veux, je veux partir, aller vers cette zône,
Vers cette triste rive où la douleur s'endort.

MÈRE CHRÉTIENNE.

PLAINTES.

Loquor in amaritudine animæ meæ.

ECCLES.

O tombe de ma fille ! A tes pieds éperdue
Fanny porte le poids de son âme abattue !
Des vertus, la jeunesse !... et l'abîme éternel !.....
Triste séjour,...... sensible à mon tourment cruel,
Reçois-moi dans ton sein ! qu'en terminant ma vie,
Aux cendres d'un enfant ma cendre soit unie !...
Au milieu de ces morts, dans l'ombre de la nuit,
Je cherche vainement le repos qui me fuit ;
Il n'en est plus pour moi !... Je souffre, tout m'accable...
Zénobie !... ô mon sang !... Ta mère inconsolable

Te demande partout !...... Les échos d'alentour
Au loin répondent seuls au cri de son amour !...
Dieu puissant ! Dieu cruel !... Tu combles ma misère:
C'en est fait ,...... ô douleur ! ah ! je ne suis plus mère!!!
Je ne goûterai plus ces touchantes douceurs
Qui charmaient mes regrets, qui charmaient mes malheurs
Je ne te verrai plus !... Objet de ma tendresse,
Mes soupirs, mon amour te rappellent sans cesse ;
Tes yeux, les yeux si doux sont fermés pour toujours,
Ma fille !... Zénobie ,... où sont-ils nos beaux jours ?

....

J'ai pleuré, j'ai frémi sur la terre et sur l'onde.
Ah ! je meurs !... Je succombe à ma douleur profonde;
Le chagrin me poursuit, s'attache à tous mes pas,
Me conduit sur ce tertre où j'attends le trépas !!...

....

Il n'est plus de bonheur, de charme dans ma vie;
J'ai perdu tout mon bien, en perdant Zénobie !!!
   O Dieu puissant ! je tombe à tes divins genoux,
Victime dévouée aux traits de ton courroux ;
Consomme, il en est temps, ce fatal sacrifice,
Accorde-moi la mort, termine mon supplice;
J'ai servi tes décrets, j'ai rempli mon destin,
Et mon âme demande à s'enfuir dans ton sein.

SÉRÉNADE.

A VICTORINE DE B.***

Que l'ange des amours, dans ton ame chérie,
Doune les plus doux noms et les plus doux transports!

DE SENSAY.

Viens frémir sous mes doigts, corde mélodieuse !
De tes hymnes touchans seconde mes efforts ;
Toi, que chérit surtout la nuit mystérieuse,
Honore la beauté de tes divins accords.

Célébrons, de concert, ô lyre enchanteresse !
Ses charmes séduisans, son aimable candeur ;
Et ces traits qu'adoucit l'éclat de la tendresse
Donnent à Victorine un empire vainqueur.

Le doux encens des fleurs me semble son haleine ;
L'étoile la plus belle est son charmant regard ;
Pour causer mon malheur, son image lointaine
A mes yeux enivrés s'offre de toute part,

Elle dort..., et mon cœur respire sa présence ;
Tout est tranquille au loin, tout garde le repos ;
Seule, d'un ton plaintif, on entend, en silence,
L'hymne de Philomèle attendrir les échos.

Dors, cher ange d'amour ; dors, ô ma bien-aimée,
Repose doucement sur la couche de fleurs ;
Je veille ici pour toi, car mon ame charmée
En ces lieux, ne sent plus le trait de ses douleurs.

Que ton sommeil soit doux, céleste VICTORINE !
Entends les tendres vœux d'un tendre troubadour ;
Viens consumer son cœur de ta flamme divine,
Viens animer ses chants d'un sourire d'amour !!!

DERNIÈRE CONSOLATION.

> Tu vins un jour pour calmer ma
> souffrance.
>
> MILLEVOYE.

.... Ce jour était sa fête ;
Jour si cher pour les nœuds d'une union parfaite,
Ton souvenir m'accable...... Ah ! je ne puis revoir
Ces momens trop heureux !..ni mon bien, ni ses charmes :
Il ne reste à mon cœur, dans son dernier espoir,
Que le cœur d'un enfant pour essuyer mes larmes.

. . . .

Viens, ma Louise, approche,... et que cette candeur
Soit le fruit des vertus qui donnent le bonheur.
   Et toi qui fis jadis le charme de ma vie,
Vois ta fille ! elle est toi !... chère et pauvre Sophie,
Par ces momens si doux à nos tendres ardeurs,
Par ces liens si chers qui joignirent nos cœurs,
Dans ces lieux fortunés où ta vertu te place,
Veille sur les débris de ton auguste race.

. . . .

2

Que ces bords ont changé ! côteaux , gasons naissans ,
Quel désastre a flétri vos attraits séduisans ?
Quand tout vous souriait , quand les jeux et les grâces
D'un couple fortuné suivaient ici les traces ,
On accourait vers vous des villages divers ;
O douleur ! je vous trouve abandonnés , déserts !!!
Vous mé verrez toujours sous ces paisibles chênes ,
Arbres chéris !... Témoins de mes cruelles peines ,
Vous jadis spectateurs de mes plus doux plaisirs ,
Vous voyez succéder les regrets , les soupirs !.....
Dans les tourmens secrets de la mélancolie ,
Je me plais à tenir mon âme ensevelie ;
Le calme , la fraîcheur de ces lieux enchantés ,
Ces flexibles ormeaux , mollement agités ,
Ce flot tranquille et lent mourant sur le rivage ,
De mon bonheur passé me rappellent l'image ;........
Chaque soir la nature a pour moi moins d'attraits ,
Et chaque aurore assiste à de nouveaux regrets !
Entends , entends les vœux de mon âme éperdue ,
Sur Louise , ô mon Dieu ! daigne abaisser ta vue !
De sa jeune saison dirige les penchans ,
Et soutiens sa faiblesse au matin de ses ans !..
Si ce cœur , en tout temps , fidèle à ta loi sainte ,
Des vertus quelquefois reçut l'auguste empreinte ,
Si l'horreur des forfaits enflamme mes esprits ,
Que ma fille , en ce jour , en reçoive le prix.

LA

DOULEUR.

Ses jours sont consumés d'une lente douleur ;
Jeune encore, il n'a plus de croyance au bonheur.

BONNEFOUS.

Sur ces bords malheureux, pensif et solitaire
Je veille, fatigué de pénibles ennuis ;
Je n'ai plus de repos, de bonheur sur la terre ;
Une triste insomnie éternise mes nuits.

La douzième heure sonne !... Ah ! cent fois mon attente
L'accusa d'arriver avec trop de lenteur...
Mon oreille, aujourd'hui, l'écoute indifférente ;
Elle n'est plus, hélas ! le signal du bonheur.

Dans mon isolement, toujours mélancolique,
J'aime ces lieux muets, ce bosquet romantique :
Là, durant la chaleur, au pied d'un chêne vert,
Je m'étends et j'endors le mal que j'ai souffert.

Mes pas ont mesuré le bout de ma carrière...
Je ne demanderai, ni demain, ni jamais,
D'ajouter un soleil à mes jours sur la terre ;
Je veux aller au port où l'on repose en paix !

Adieu, terre d'exil ! J'entends dans un nuage
Une voix qui m'appelle au Monde des Élus,
Où tout ce que j'aimais, durant mon court voyage,
Viendra s'unir à moi, pour ne me quitter plus !

A JULIE.

Mais à ton nom, mon ame, encore émue,
Se sent renaitre à la vie, aux beaux jours.

PAUTHIER DE CENSAY.

Je veux t'aimer, jeune et belle JULIE !
Mon cœur charmé de l'ardeur que je sens,
Doit à ton âme, à ta bouche jolie,
Et ces transports et ces ravissemens.

Tes yeux baissés, cher objet que j'adore,
Ton air touchant, ton aimable candeur,
Tous les attraits que l'amour fait éclore
M'offrent, hélas ! un prestige enchanteur.

A tes accens, oui, je me sens renaître ;
Ta douce voix, par un heureux pouvoir,
En peu de temps me rend un nouvel être ;
Jeune beauté, tu fais tout mon espoir.

Ah! qu'il est doux de répandre des larmes ,
Et d'essuyer les pleurs des malheureux !
De ce plaisir tu sais goûter les charmes ;
Il n'en est pas de plus délicieux.

Ton tendre cœur , touché de ma misère,
Peut adoucir les rigueurs de mon sort ,
Et je ne vois dans la nature entière ,
Que ton hymen , ou la douleur , la mort.

CIMETIÈRE.

Au sein de Dieu, cette jeune colombe
s'est réfugiée à jamais.

V. H.

Elle est là,..... m'a-t-on dit ; là ; JENNY dort tranquille!
Parmi le buis lugubre et le lierre stérile.
Sur la tombe isolée où repose son cœur,
On distingue ces mots : *Innocence et candeur.*

On me verra souvent venir au cimetière ;
Mon cœur croit y trouver le cœur qu'il adora ;
Oui , je viendrai dormir où dormira ma mère ,
Sous cet if qui m'attend déjà.

Hélas ! je n'ai vécu que de jours de souffrance ;
Cessez de me vanter un monde trop fatal :
J'ai cherché vainement, dans le bruit , le silence ,
Ce fantôme brillant dont le nom me fait mal.

Tout annonce malheur à cette terre antique ;
Au milieu des tombeaux où règne un vent de mort,
On entend le seul cri de l'oiseau prophétique,
  Qui jamais ne s'endort.

Là, si le buis s'agite, une voix trop chérie
Me semble murmurer dans la feuille flétrie :
Partout je crois l'entendre, et ma triste douleur
Le soir foule, à pas lents, l'asile du malheur.

Soleil, dont si souvent, je vais dans la colline
Voir mourir les rayons par la nuit effacés,
Abrège-moi les jours que le Ciel me destine;
Je n'aime entre les jours que ceux qui sont passés.

La dernière espérance à mon âme est ravie :
Ici, je dois traîner ma languissante vie;
Sous le portail sacré, la nuit, je viens m'asseoir,
Pour mourir près de Dieu qui seul est mon espoir.

 e

SOUVENIR.

Te veniente die, te decedente, canebat.

Virg.

Voici le tems heureux, où la nature entière
Verse de ses présens la fraîcheur printannière ;
Déjà brille le mois des fleurs et des amours ;....
Tout renaît..... Seul j'expire au matin de mes jours.

Enseveli sans gloire aux rives étrangères,
Je ne dormirai plus sur le sol de mes pères ;
Je ne saluerai plus les bords délicieux ,
Où s'ouvrit ma paupière à la clarté des cieux.

3

Je ne reverrai plus le ciel de la Provence ,
Où l'on savoure en paix l'avenir , l'espérance ;
Ni l'antique clocher , où l'airain solennel
Appelait mon enfance aux pieds de l'Éternel.

Je ne te verrai plus !! Clara ! ma bien aimée !!
Ni ton regard d'azur, ni ta bouche embaumée.....
O regrets !..... J'espérais adoucir mes malheurs ,....
Mais les pleurs dans mes yeux vont remplacer les pleurs.

Ah ! quand nos ennemis, sans pitié pour tes charmes,
Tes vertus, nos malheurs, ta jeunesse et tes larmes ,
M'enlevèrent à toi.... tu me tendais les bras.....
Tu pleurais !... les cruels !... ils ne t'écoutaient pas !...

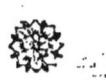

Combien entre nous deux s'élève de distance !
Te voir était mon bien , t'aimer mon existence;...
Et mon cœur, qui pour toi brava tous les dangers ,
Voudrait te retrouver sous des cieux étrangers.

L'existence de l'un était celle de l'autre,
Un seul cœur se formait de nos deux cœurs unis,
Aucune volupté n'approchait de la nôtre ;
Mais de ce bonheur pur les instans sont bannis.

Oh que j'étais heureux ! qu'elle était belle et tendre !
Comme je m'enivrais du plaisir de l'entendre !
Sa voix me suit encore, et dans mon souvenir,
Comme une voix du ciel, je la sens revenir.

Ce souvenir m'accable, et ma mourante vue
Interroge des mers l'éternelle étendue.
Mon œil sur l'avenir se jette avec effroi ;
L'horizon du malheur est immense pour moi.

Pour moi, partout le vide et partout la tristesse....
Les tourmens douloureux qui m'accablent sans cesse,
Flétrissent tous mes sens..... La terre, sous mes pas,
Murmure tristement mes pénibles combats.

Si le sort me rendait aux rives de la France,
Clara, tu me verrais, libre de ma souffrance,
Dans le vallon natal, sous l'azur d'un beau jour,
Et renaître au bonheur, et renaître à l'amour.

Mais, hélas ! loin de moi, l'espérance chassée
Ne doit plus de son prisme embellir ma pensée ;
Je ne livrerai plus à des rêves si doux
Mon âme condamnée aux traits d'un sort jaloux.

A toute affection ma vie est étrangère ;
Loin d'elle, aucun lien ne m'attache à la terre ;
Et voilà le sépulchre où doivent s'engloutir
Mes larmes, mes chagrins, un cruel souvenir !!!

 La

SOLITUDE.

Du matin jusqu'au soir, je dis à la Nature :
Je vais bientôt finir mes jours.

La brise du désert déja sur ce rivage
Emporte les feuilles des bois.

La vallée est triste et glacée,
L'heure se traîne lentement ;
Rien ne sourit à la pensée,
Rien ne charme le sentiment.

Lorsque les fleurs seront séchées,
Tu m'as dit : on prendra le deuil ;
Sitôt les pelouses jonchées,
Tu seras paisible au cercueil.

Déjà le souffle de l'automne
Détache les feuilles des bois ;
Je vois la saison monotone
Venir pour la dernière fois !

Tout est muet dans la nature ;
Le rossignol n'a plus d'accent,
Et la forêt, de sa verdure,
Voit passer l'éclat séduisant.

La feuille morte qui s'envole,
En rendant mes vœux superflus,
Semble, empruntant une parole,
Dire que mon bonheur n'est plus !

Le flot se brise sur la rive,
En murmurant un long soupir ;
Et j'entends une voix plaintive
Parler de mon triste avenir.

Le soleil à regret s'avance ;
Il craint d'éclairer ma douleur ;
Les champs , l'herbe qui se balance
Jettent le vague dans mon cœur.

Une muette solitude
Est répandue autour de moi :
Tout augmente mon inquiétude;
Tout me remplit d'un morne effroi.

Souvent de la brise légère,
J'entends le murmure du soir ;
On dit qu'une voix passagère
Répète qu'il n'est plus d'espoir.

Toi , qui vois les jours de ma vie
Et qui soulages la douleur ,
Ramène-moi dans ma patrie ,
Séjour de paix et de bonheur !

Loin de moi , terre languissante ;
Adieu bosquets silencieux ,
Où ma lyre encore chancelante
Essaya des vers langoureux.

Astre de la mélancolie ,
Seul confident de mes regrets ,
Adieu !..... La barque de ma vie
M'entraîne vers d'autres forêts !

Adieu prairie , onde isolée ,
Qui m'avez entendu gémir ;
Gardez de ma vie agitée
Au moins un faible souvenir.

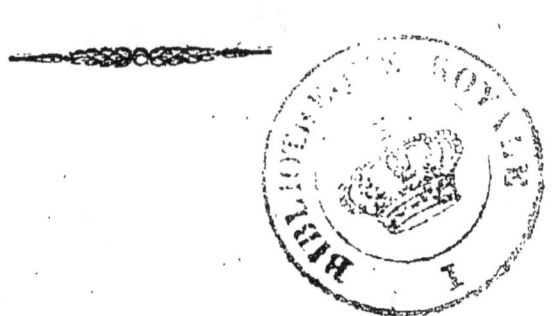

DERNIÈRE ESPÉRANCE,

OU

Les Loisirs d'un Ami des Arts.

POÉSIES.

Par Eugène BONNEFOUS.

Troisième Livraison.

Cet Ouvrage, publié en 3 Livraisons, se vend 3 *francs*.

Se trouve :

Chez l'Auteur et chez M. Combarieu, Imprimeur, à Cahors.

RÉVEIL DU PRINTEMS.

> Lorsque le printems renaît, tout se réjouit, tout espère; mais les concerts d'allégresse qui s'échappent de la nature à son réveil, remplissent mon cœur d'une douleur amère.
>
> SCHILLER.

Tout renaît, tout fleurit, les ruisseaux ondoyans
De guirlandes de fleurs ornent leurs bords riants;
Allez, pour les cueillir, volez, jeunes bergères,
Formez-en des bouquets sur l'autel de vos pères.

Déjà le rossignol va réveiller les bois;
Le bouvreuil, effleurant l'émail de la prairie,
Chante le Créateur qui le rend à la vie,
Chante l'ordre éternel de ses immenses lois.

Que nos hymnes de Dieu célèbrent les louanges,
Qu'une sainte prière, ici, chaque matin,
Monte jusques à lui sur l'aile de ses anges,
　　Comme un parfum suave et saint !

Ce champ où la splendeur réfléchit son image,
Ce parfum qui s'élève ainsi qu'un doux nuage,
Ce beau calme éternel, révèlent à mon cœur
Les secrets de sa gloire et ceux de sa grandeur.

Toujours dans ces bosquets, toujours dans ces prairies,
Je viendrai reposer et le jour et la nuit;
Là, mollement bercé de douces rêveries,
　　Le temps coule sans bruit.

Tantôt cherchant les bois, les arbres solitaires,
Parcourant les vallons, gravissant les côteaux,
Je célèbre, couché sur les tendres fougères,
　　Les plaisirs des hameaux.

Déjà partout des fleurs..... Cette douce verdure
    Et ces trésors que la nature
    Etale ici de tous côtés ,
Captivent mes regards , mes esprits enchantés.

Là , les zéphirs du soir , comme un luth qui répète
Des soupirs exprimant une peine secrète ,
A rêver tendrement invitent tous les cœurs,
Y parlent de mystère et de saintes douleurs.

Le tintement lointain de l'airain monotone ,
Se répétant au loin sur les monts d'alentour,
On entend sur ces bords que la paix environne,
Ces sons religieux mourant avec le jour.

Vallons, riants berceaux que le printems décore,
Soyez, soyez pour moi l'asile de la paix ;
Souvent l'infortuné chante, sourit encore
    Sous votre ombrage frais.

J'aime à revoir ce champ, cette terre chérie
Où s'écoula l'enfance, âge d'or de ma vie;
J'aime surtout cette onde au bruit consolateur,
Qui répandit souvent le baume dans mon cœur.

Dans ces lieux fortunés, l'on parle, l'on respire;
Henriette y viendra comme un ange nouveau;
Jamais, jamais si doux je n'ai vu son sourire,
Et les champs si fleuris et le soleil si beau.

L'ABSENCE.

Dans ton sein virginal, comme dans un saint temple,
Mon ame avait trouvé un asile de paix.

De Cessay.

Elle ne viendra plus embellir ce rivage,
Cette terre où souvent elle portait ses pas;
Vainement au vallon je cherche son image,
Je la cherche partout..... Elle ne viendra pas.

J'interroge des bois la voix retentissante;
Les bois rendent au loin leur réponse mourante:
Appuyé sur le tronc d'un vieux chêne mousseux,
Je reste seul, pensif, long-temps silencieux.

Chantre de nos bosquets, cesse ta voix plaintive,
Tu portes à mon cœur un trop doux souvenir;
Jadis on la voyait sur cette même rive,
Elle chantait aussi l'amour et le plaisir.

Echos, qui murmuriez le nom de Félicie,
Gazons, où chaque jour elle venait s'asseoir,
Zéphirs, tendres zéphirs, au cœur de mon amie
      Allez parler d'espoir.

Ah ! parlez-lui..... Mon cœur implore sa présence,
Et ne trouve partout, partout que son absence ;
Si le sort ne se rend à nos vœux superflus,
Nous nous verrons plus tard où l'on ne souffre plus.

Là, nous ne craindrons plus ni les pleurs, ni l'absence ;
D'aucun adieu jamais n'éprouvant la douleur,
Nous oublîrons bientôt des instans de souffrance,
Dans une éternité d'amour et de bonheur.

ÉPITHALAME.

A CAMILLE ★★★

Tu m'aimes, je t'adore, et bientôt l'hyménée
Dans des nœuds immortels réunira nos cœurs.

DE CENSAY.

D'un doux accord retentis, ô ma lyre !
Prends désormais un ton voluptueux ;
Le dieu d'hymen de son ardeur m'inspire:
Viens m'animer de tes plus nobles feux;
Peins le bonheur d'un amour légitime,
Peins les transports, le charme de ce jour,
Peins la beauté, le trouble qui l'anime,
Peins la vertu dans les bras de l'amour.

Il faut aimer : dans sa sombre tanière,
L'ours glacial, fatigué de combats,
Abandonnant sa rage meurtrière,
Brûle d'amour au milieu des frimas.

2

Quand le printems fait naître le feuillage,
Le jeune oiseau célèbre son retour,
Et le matin , il vient dans le bocage ,
Vous enchanter de ses refrains d'amour.

Réjouis-toi , vierge simple et timide ,
D'un doux émoi va palpiter ton cœur,
Et ton époux, de sa flamme rapide ,
Viendra bientôt t'enivrer de bonheur.
Va, ne crains rien , éperdue, attendrie ,
Sous le plaisir succombant tour-à-tour,
Tu goûteras une nouvelle vie,
Tu dormiras dans les bras de l'amour.

ESSAIS.

SUR LES PROGRÈS DES SCIENCES.

Depuis un demi-siècle les sciences ont marché d'un pas rapide dans les voies de perfectionnement : l'intelligence, la presse, la parole, sont les armes et la puissance de notre époque. Dédaignant les occupations frivoles d'un autre temps, la génération actuelle aime à se livrer à des études sérieuses, et à donner de l'ensemble aux connaissances acquises. L'association est un des plus sûrs moyens d'arriver à ce but et de propager, avec fruit, l'instruction dans les diverses classes de la société. Une tâche si étendue ne peut guère s'accomplir que dans une grande capitale, centre des arts et des sciences, et surtout du mouvement social où la réunion de tous les talens offre les moyens d'exécution les plus abondans.

Au milieu de ce mouvement imprimé à l'esprit humain, la province, infatigable auxiliaire, rivalise de zèle pour la propagation de ces connaissances qui tendent à améliorer

la condition physique , morale et intellec-
tuelle du peuple. Qui ne s'associerait d'ailleurs
aux vues généreuses et philantropiques qui
dirigent les fondateurs de ces sociétés? La
reconnaissance de la nation applaudit à leurs
efforts, et encourage tous les citoyens dont
les lumières et les travaux concourent à hâter
ce résultat heureux , véritable élément de la
prospérité publique, des progrès de la civilisation et de la gloire du pays !

SUR L'ÉLOQUENCE.

L'éloquence est une des plus nobles facultés
de l'âme : remuer les cœurs , les attendrir ,
les irriter, les appaiser tour-à-tour, subjuguer
les volontés les plus rebelles , et les forcer à
se soumettre à la puissance de la parole , c'est
là son glorieux privilége. Mais presque toujours insensible à la peinture de ces vertus
austères qui firent longt-temps la gloire de
Sparte et de Rome , c'est dans les discours
des fougueux tribuns du peuple que la jeunesse
trouve de dangereux exemples : cependant
les orateurs modèles ne manquent point et
nous les trouvons en ouvrant les annales de
l'antiquité. Restés intacts à travers des révo-

lutions et au milieu des ruines , comme pour
attester l'immutabilité d'une puissance fondée
sur les lois éternelles de la morale,les ouvrages
de ces écrivains s'offrent à notre admiration.
Démosthènes, opposant aux armes ambitieuses
de Philippe toute la force de son éloquence ;
Cicéron , vengeant la Sicile des crimes d'un
Verrès , et sauvant Rome des fureurs d'un
Catilina ; Massillon , prêtant aux vérités éternelles de la religion le charme d'une éloquence
persuasive; Fléchier immortalisant Turenne!..
Voilà les orateurs dans lesquels on peut pui-
ser ce feu qui , purifié à sa source , peut sans
danger exalter l'esprit et enflammer le cœur ;
mais anathême à ces écrivains factieux qui ,
entourés de sanglans débris , debout sur la
lave du volcan qu'ils ont allumé , ou échappés
au naufrage , contemplent froidement la fureur des flots qu'ils ont soulevés.

De même , quand la Poésie prête ses charmes à la peinture des sentimens qui souillent
sa grande origine , l'homme de bien s'indigne
d'une telle profanation,et proscrit ces auteurs
dont les productions licencieuses flétrissent le
cœur et perpétuent la corruption.

L'éloquence est encore une puissance utile
aux États , lorsque celui qui la possède sait

en ennoblir l'emploi, en célébrant les vertus
qui font le citoyen paisible et le sujet fidèle.
Ainsi, l'on voit des orateurs intrépides con-
sacrer leurs voix éloquentes à défendre les
vrais principes et à renverser les sophismes
de leurs impétueux adversaires. Hommes généreux! le souvenir de vos glorieux services ne
périra point, et la France, rendue à sa véritable dignité, poursuivra le cours des prospé-
rités que lui assureront toujours sa position,
son génie et ses belles institutions !!!

SUR LA MUSIQUE.

Motrice des sensations les plus douces, des
élans les plus sublimes, l'harmonie produit
ces rapides extases, ces indicibles ravissemens
qui font naître l'enthousiasme et révèlent le
génie.

Contemporaine de l'homme, elle se montre
à la naissance de toutes les sociétés, non-
seulement comme art, mais comme branche
nécessaire de la législation. Que de fois les
simples accords d'un instrument sonore ont
rendu triomphantes des armées déjà vaincues!
La lyre de Tyrtée ranime le courage de Lacé-
démone, et les harpes des femmes inspi-

rées de la Germanie portent souvent l'effroi
dans Rome. Plus forte que toutes les lois ,
elle fut toujours un des instrumens les plus
puissans de la civilisation des peuples, à
une époque où la France languissait dans
une profonde ignorance , et que nul accent n'arrachait les cœurs hors du cercle
étroit de leurs sensations communes : tout-
à-coup , dans les vallons de la Provence ,
sous le ciel grâcieux de l'Occitanie , ap-
paraît une race d'hommes qui , mêlant
leurs douces voix aux accens mélodieux de
la cithare, firent entendre des sons jusqu'alors
inconnus. Dès ce moment, les rudes mœurs
de nos ancêtres commencèrent à s'adoucir ;
la civilisation s'avança rapidement, et la Poésie , compagne inséparable de la Musique ,
fit éclore les premières fleurs de notre litté-
rature !

SUR LES CHARMES DE LA CAMPAGNE.

C'était une belle nuit des premiers jours
de mai , une de ces nuits où la préoccupation
donne des insomnies : l'aube du jour allait
paraître ; je me trouvais dans les champs.

Là, à cette heure, le zéphir se plaît dans le feuillage, le ruisseau murmure faiblement, les oiseaux gazouillent, tout parle d'amour et prête à l'ame un délicieux reflet de mélancolie!... Je m'abandonnai aux pensées rêveuses, le bonheur m'arrivait par une voix inconnue, et je le prenais comme un bienfait du ciel.... L'infortune n'avait point courbé ma tête, et l'on aime bien à être triste, lorsqu'on est heureux.

Le silence régnait dans la vallée ; une teinte plus claire indiquait à l'œil les bocages et les forêts qui l'environnaient ; on apercevait au loin ces vieilles sommités si bisarrement découpées et se déroulant dans une immensité bleue ; j'étais pénétré d'une volupté religieuse et calme, plus douce que les doux parfums soulevés par les brises frémissantes.

Déjà l'aurore blanchissait le haut des montagnes ; tout dans la nature célébrait le réveil du jour ; tout était harmonie. Pénétré d'admiration, saturé de bonheur, je m'éloignai, emportant dans mon ame ces tableaux ravissans, ces accens d'amour, caressant encore mon cœur, comme les gémissemens d'une lyre harmonieuse !

RÉFLEXIONS

SUR

L'IMPÔT INDIRECT.

Présenté à une époque* où le systême de la perception des contributions indirectes était le plus en butte aux attaques funestes de quelques esprits inquiets, ce mémoire avait été adressé pour faire apprécier l'urgence de s'occuper des améliorations réclamées, et de tarir ainsi, au profit de la paix publique, une source trop féconde de dissentions et de désordres. Aujourd'hui, que la plupart de ces observations ont reçu leur application, il a fallu ne plus reproduire des passages que le lecteur aurait rencontrés avec surprise. Toutefois, l'absence de quelques détails sur la législation des boissons, n'a point altéré l'expression des sentimens qui m'ont dirigé dans ce travail. Je sens combien il y avait de témérité de traiter une question d'intérêt géné-

---

* Novembre 1831.

3

ral, que ne comportent pas mes faibles moyens;
mais, blessé dans les diat.ibes dont cette
administration était l'objet, je ne pus me
renfermer dans mon silence, et demandai,
avec les réformes qui paraissaient être favo-
rables aux intérêts publics, que l'on donnât
aux dispositions législatives de la régie cette
force et cette gravité imposante, qui s'accor-
dent si bien avec la majesté de la justice.

<hr>

A Monsieur le Ministre des Finances.

De tous côtés, des voix accusatrices s'élèvent
contre l'impôt sur les boissons. On réclame,
d'une part, les modifications promises dans
la législation des contributions indirectes; de
l'autre, son entière abolition : mais parmi
ces plaintes, il se mêle je ne sais quel achar-
nement, qui rappelle ces paroles remarqua-
bles d'un homme d'état, *que le revenu public
est traité en ennemi.* Chaque soleil, en se
levant, éclaire une scène scandaleuse; ici,
c'est la faction des cabaretiers; là, c'est l'effort de quelque combinaison politique. Plusieurs villes que je m'abstiens de nommer,
parce que les journaux en ont donné connais-

sance, ont été le théâtre de graves désordres,
et c'est avec difficulté que des Préposés recommandables de cette administration, ont
échappé à la fureur de cette portion d'hommes qui cherchent à tirer parti des mécontentemens, en choisissant cette arme comme
la plus convenable à leurs projets. Au mot
de liberté, ils sont disposés à sacrifier toute
considération, tout honneur; mais la liberté,
envisagée dans ses plus nobles prérogatives,
n'autorisa jamais les cris séditieux, le crime,…
et cependant le sang crie vengeance! Sera-t-il
entendu des dépositaires du pouvoir?… Il est
tems que ces troubles funestes aient un terme,
car, tout en étant le sujet d'une juste inquiétude, ils pourraient devenir le tombeau de
nos destinées prospères. Les citoyens paisibles s'affligent vivement de ces coupables machinations, qui indignent l'honneur national.
Il faut donc que le Gouvernement mette de
la fermeté dans la répression de cette logique
sanglante : jamais circonstances aussi graves
ne rendirent plus nécessaires une exacte investigation, une inflexible sévérité. Ou le
coupable doit être frappé, ou cet impôt à
jamais anéanti. Le commerce et les transactions civiles reprendront alors leur sécurité;

et si les ressources du trésor ne permettent pas de céder à cette antipathie populaire, le Préposé de la Régie doit trouver dans les lois tous les secours nécessaires pour accomplir son mandat avec le zèle et le goût qu'inspire la confiance de la sûreté personnelle; son caractère ne doit plus être exposé à des vexations meurtrières, sans quoi l'activité se ralentit, le découragement se manifeste, et il n'y a plus de prospérité pour les subsides de la patrie....

Nos Législateurs doivent se hâter de remplir ces vœux, qui touchent aux plus hautes considérations sociales, en portant à tous ces maux le remède que la paix des familles et la dignité du pays réclament, et en faisant respecter cette branche essentielle du revenu public, en butte aux attaques journalières de quelques esprits inquiets. Mais, loin de nous ces ennemis de notre belle patrie; loin de nous ces agitateurs, dignes de vivre sous un sceptre de fer !!.....

Si chacun se pénétrait de l'esprit de justice qui règle cette administration, et de l'application équitable des lois qui la régissent, il condamnerait moins promptement un impôt qui, avec les améliorations convenables, ob-

tiendra un assentiment général. Il serait peut-
être difficile de détruire l'opinion défavorable
qui s'est si universellement accréditée, et de
démontrer la vérité contre le torrent des passions ; mais il ne peut être caché que des
hommes revêtus d'un caractère honorable,
cherchent à flatter ces coupables préventions,
et à donner, par cette pusillanimité, un
nouvel aliment à l'irritation des esprits. L'abolition de cet impôt est donc l'objet de leurs
vœux ou des vœux d'autrui qu'ils s'approprient
par complaisance relative. Mais avant de détruire, savent-ils s'ils pourront réédifier ?
Savent-ils bien ce qu'ils pourront substituer ?
Veulent-ils nous faire expirer de misère sur
les trophées de la victoire !.....

L'augmentation de l'impôt foncier excite
aussi des murmures, et produit, dans cer-
taines localités, de graves désordres. Déjà
plusieurs actes répréhensibles accusent cette
décision législative ; les agens du trésor sont
troublés dans leurs fonctions ; un mécontent-
tement général prouve que la contribution
directe ne peut parer à la diminution de
l'impôt sur les boissons ; toutes les ressources fiscales deviennent l'objet de funestes
déclamations. Il convient donc de rechercher,

avec persévérance, les fauteurs de ces désordres, et de donner à la juste réclamation son
prix, et aux vœux coupables leur châtiment.
Tant que la nation peut s'appuyer sur un si
grand nombre de gens d'honneur, elle peut
faire face à tous les orages.

Une cause sacrée est venue rallier toutes
les sympathies populaires ; une chaîne fra-
ternelle devrait lier tous les Français, et on
ne verrait plus qu'unité de principes, unité
de cœurs, chez un peuple qui n'a plus qu'un
intérêt, celui de la patrie !....

L'impôt indirect a déjà subi quelques modifications, mais qui en ressent les avantages ?
Ce n'est point certainement le particulier,
qui paie les boissons au même prix, et qui
n'est nullement soulagé par cette concession
favorable. C'est donc celui à qui il ne fut
jamais permis de se plaindre ; c'est le contri-
buable qui jouit seul de cette faveur, et qui
en retire un bénéfice immense. C'est ce qui
cause de justes plaintes, car la contribution
foncière a hérité du fardeau qui pesait sur
l'impôt indirect, si toutefois cette branche
d'administration a été jamais accablée. Ainsi,
l'on frappe le peuple entier, pour céder aux
clameurs insensées de quelques factieux, qui

profitent seuls des améliorations qui auraient
dû être accordées pour le soulagement de tous.
Ce n'est point sur l'assujetti que pèse l'impôt;
le consommateur seul en supporte le poids.
Le propriétaire ne s'abuse pas au point de ne
pas voir que si on enlève au trésor le droit
de consommation, qui n'accablait personne,
parce que le bon citoyen ne se refuse pas de
contribuer aux besoins de l'Etat, il ne lui
restera, sans doute, plus que son bien fonds
pour parer à la diminution qu'occasionnerait
la suppression de ce droit. Ainsi, pour la
satisfaction de la propriété, on demande que
l'impôt foncier soit rétabli dans ses anciennes
bases ; on désire le maintien du systême ac-
tuel de l'impôt sur les boissons , avec les
modifications nécessaires au commerce et à
l'agriculture.

(Ici étaient proposés, avec développement,
plusieurs changemens qui se rattachent au
mode de perception et à l'emploi de diverses
mesures : la réduction du droit de mouvement établi en huit classes ; l'augmentation
des peines encourues par suite d'une contra-
vention aux dispositions de cette loi, seul
moyen d'arrêter les intentions frauduleuses,
et d'assurer à la Régie la totalité des quantités

qui circulent; le rétablissement du droit de 15 p. 100; la faculté de s'affranchir de l'exercice, au moyen d'un abonnement; la suppression de quelques recettes à cheval et de tous les postes à pied faisant partie d'une recette ambulante.

Après ces observations, détaillées avec étendue, le mémoire terminait ainsi) :

J'ai la confiance que MM. les Députés se pénétreront des besoins du pays et des vœux d'une nombreuse population. Par ces considérations, ils assureront à jamais à la France un bonheur durable; ils obtiendront un assentiment énergique de tous les cœurs, une soumission sans bornes à leurs lois et un zèle constant pour leur exécution.

Voilà, Monsieur le Ministre, les conséquences du principe sur lequel repose le nouvel ordre social; voilà les fruits dont la nation réclame impatiemment la jouissance. Puissent ses vœux être entendus! Puissiez-vous, en faisant triompher ses droits, réaliser son espérance! et si l'immortalité n'est pas pour l'homme, elle sera pour vos vertus.

Soutenue par des Correspondans aussi désintéressés qu'estimables, cette entreprise a obtenu des résultats si avantageux, que la médiocrité de l'Auteur n'aurait dû jamais y prétendre. Sur tous les points du royaume, elle compte les plus honorables souscripteurs, et bien que plusieurs arrondissemens soient restés muets à cet appel, on a compris que l'Administration des contributions indirectes renfermait aussi ses hommes généreux et éclairés.

Un succès aussi complet est venu comme prix des jeunes * efforts de l'Auteur; un tel suffrage l'honore : est-il, en effet, une récompense plus chère aux hommes que l'approbation et l'estime publique?

L'Auteur s'empressera de faire servir toutes les demandes qui pourront lui être faites dans la suite.

MM. les Correspondans qui ont des fonds à faire parvenir, sont priés de les adresser le plus économiquement possible. Toute somme dépassant *seize francs* pourra être envoyée par un mandat sur le trésor.

L'Auteur s'occupe en ce moment d'un poëme en quatre chants, sur l'*Amitié*.

Le même Auteur se propose de publier, dans la suite, une Revue morale, en 12 tableaux : le *Vaporeux*, *M. Boniface*, l'*Ecueil du bon ton*, le *Calomniateur*, le *Fat*, *Comme on jase*, les *Amis de nos jours*, le *Flagorneur*, l'*Histrion*, l'*Amertume des plaisirs*, les *Soupirs d'Euridice*, les *Rêves d'un Employé*.

---

* L'Auteur est âgé de 26 ans.

www.ingramcontent.com/pod-product-compliance
Lightning Source LLC
Chambersburg PA
CBHW070813260626
47161CB00006B/2262